雪儂盒選書 ————————————————

因為愛，認識了繪本，

因為繪本，而更了解愛，

謹以此書紀念此生與父親、母親、兒子，

還有每一位所愛之人，在一起的歲歲年年。

————————————————————

享受

那些微不足道的小事

享受 那些微不足道的小事

作者｜希薇亞·克拉胡蕾茨 Sylwia Krachulec

翻譯｜林蔚昀、何聖理　　　　美術設計｜雷雅婷

編輯｜吳愉萱　　　　　　　　業務主任｜楊善婷

總編輯｜何聖理　　　　　出版｜雪儂盒整合行銷有限公司

連絡信箱｜shannoninthebox@gmail.com

發行人｜賀郁文　　　　　發行｜重版文化整合事業股份有限公司

連絡信箱｜service@readdpublishing.com

總經銷｜聯合發行股份有限公司

地址｜新北市新店區寶橋路235巷6弄6號2樓

電話｜(02)2917-8022　　　　傳真｜(02)2915-6275

法律顧問｜李柏洋

印刷｜沐春行銷創意有限公司

初版一刷｜2024年5月27日　　定價｜新台幣500元

ISBN 978-626-98626-0-3

Printed in Taiwan 版權所有 翻印必究

BOOK INSTITUTE
©POLAND

本書由波蘭圖書協會補助出版

This book has been published with the support of the
©POLAND Translation Program.

享受

那些微不足道的小事

希薇亞·克拉胡蕾茨 著

Sylwia Krachulec

林蔚昀、何聖理 譯

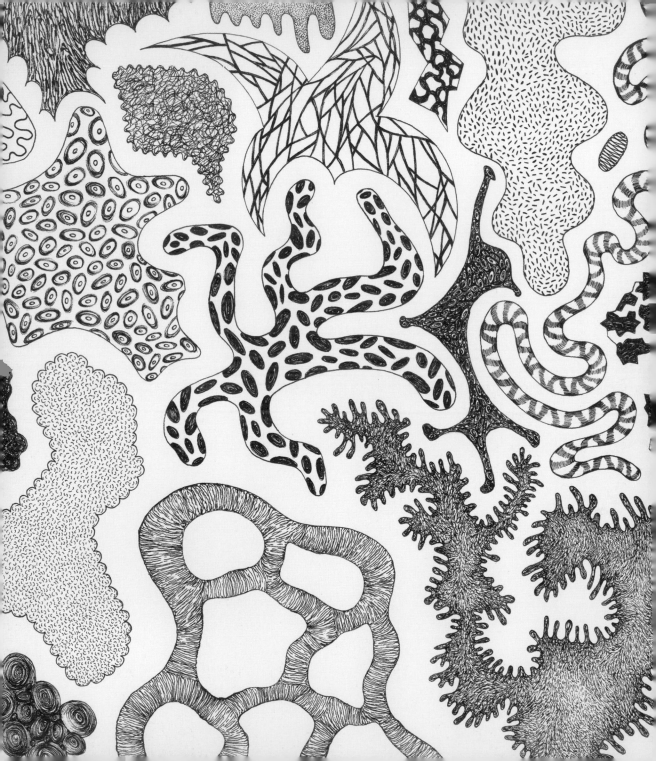

享受

各種顏色
獨特的幽默

釋放的憤怒
嶄新的喜悅

享受

驚喜的禮物
意外的轉折

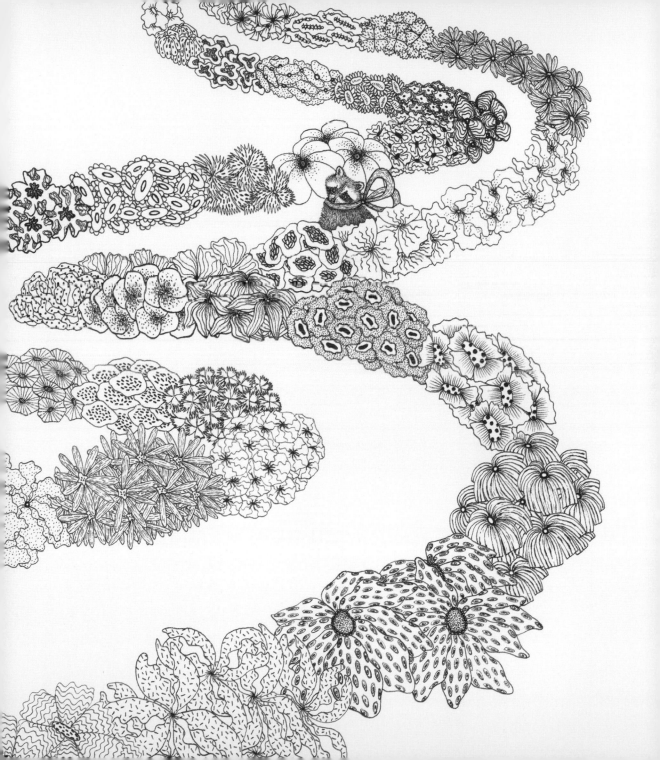

勇氣的展現

平衡的瞬間

享受

越過的山

飄過的雲

鵝莓的清甜

微小的體貼

尷尬的處境

悠長的夢

微笑的面孔
愜意的海邊

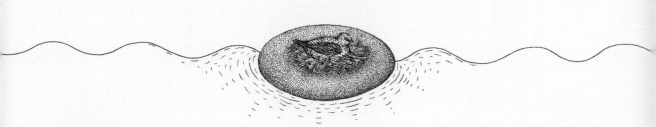

享受

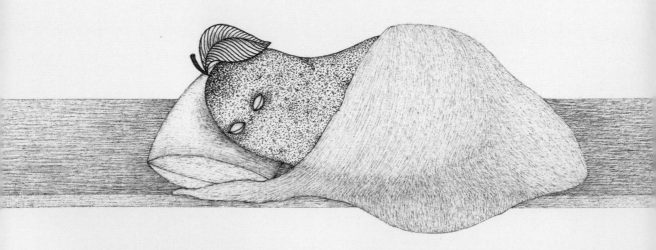

鮮美的果實

暖烘烘的被

悅耳的鳴聲
溫柔的眼神

享受

罐子裡的餅乾和
滑過臉龐　溫熱的淚

享受　羊毛衫
享受　搭地鐵

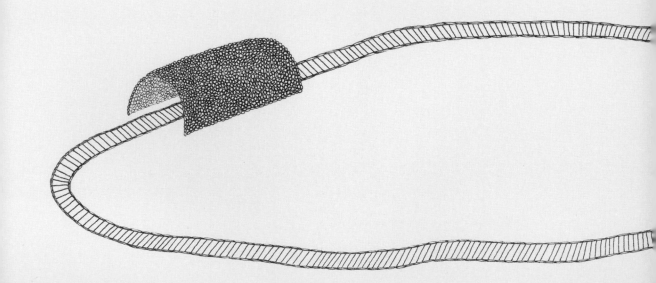

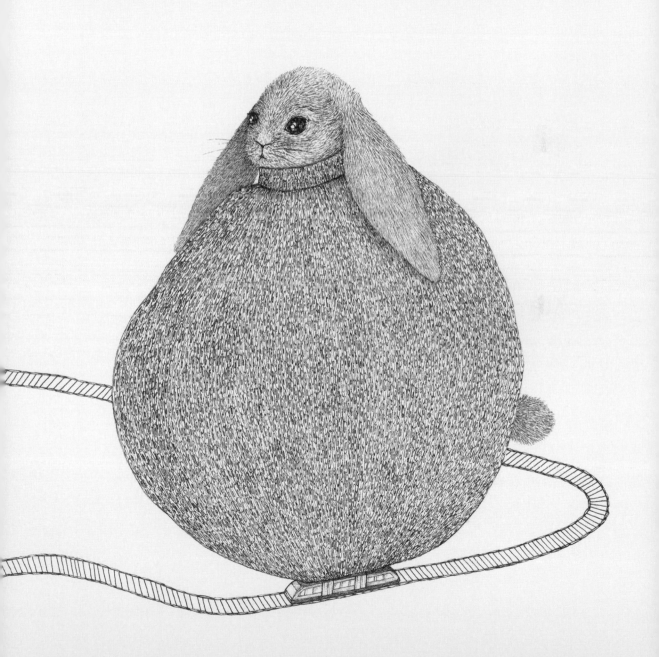

享受

秋天的落葉
春天的雨

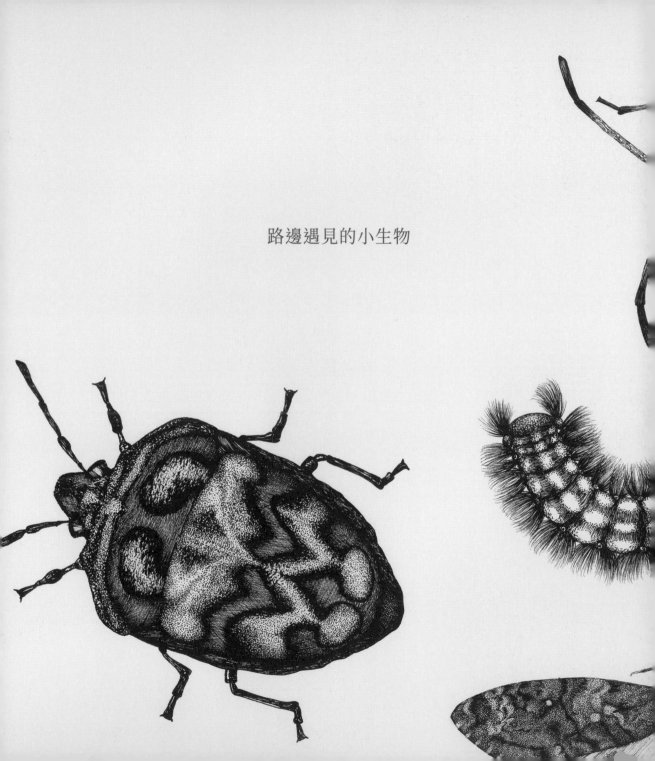

路邊遇見的小生物

享受

新的嘗試

失而復得

親暱的對話
療癒的時光

享受　良善的建言
接受　不完美

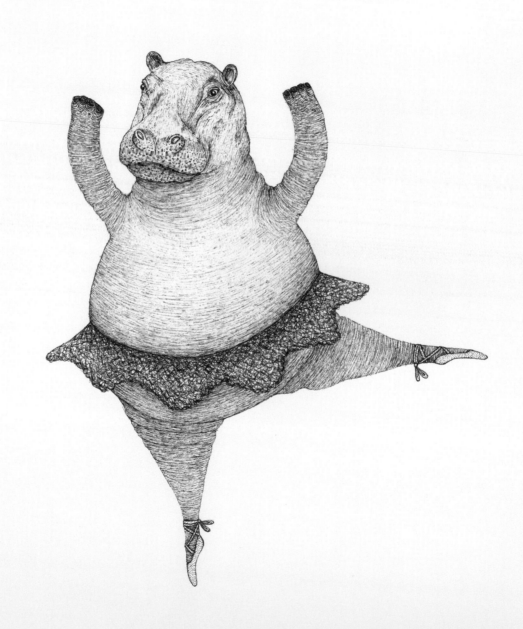

享受大自然

無論晴雨

享受

剛洗好的
繽紛的衣裳

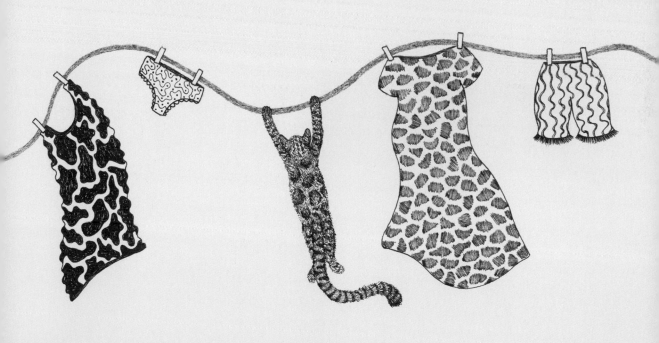

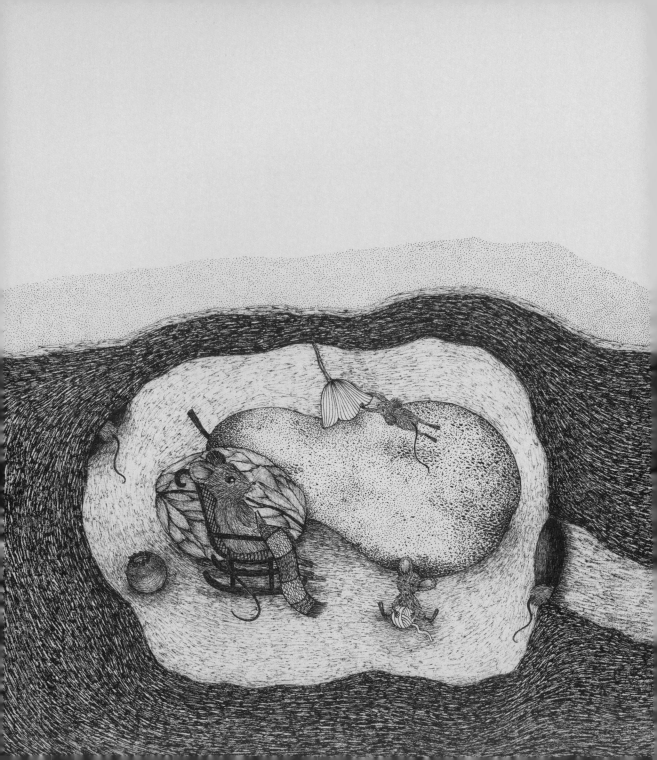

寒冷的冬日
待在家

享受　活著的每一刻
　　　每一個經過

便利的世界
實現的夢想

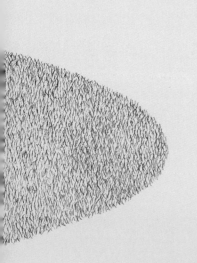

享受

等待時機
與人邂逅

享受

克服恐懼
和每一種聲音

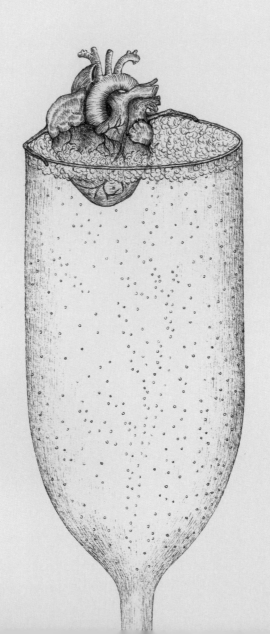

舉杯歡慶

依然跳動的　心

享受

微風吹拂
翠綠的新芽

享受

自我本色

自在　前行

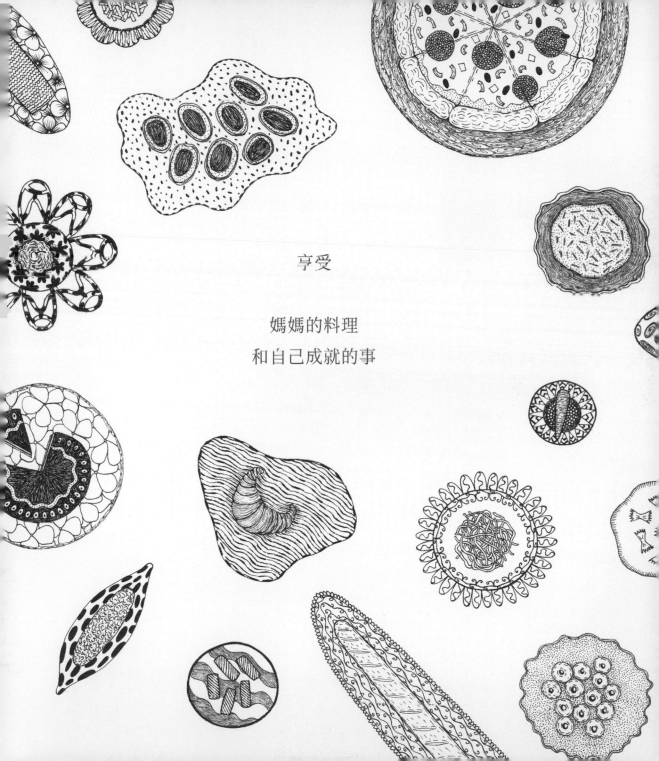

享受

媽媽的料理
和自己成就的事

享受

一杯溫開水
一個新的開始

發現　新生命

享受

每一口啜飲
每一縷
光

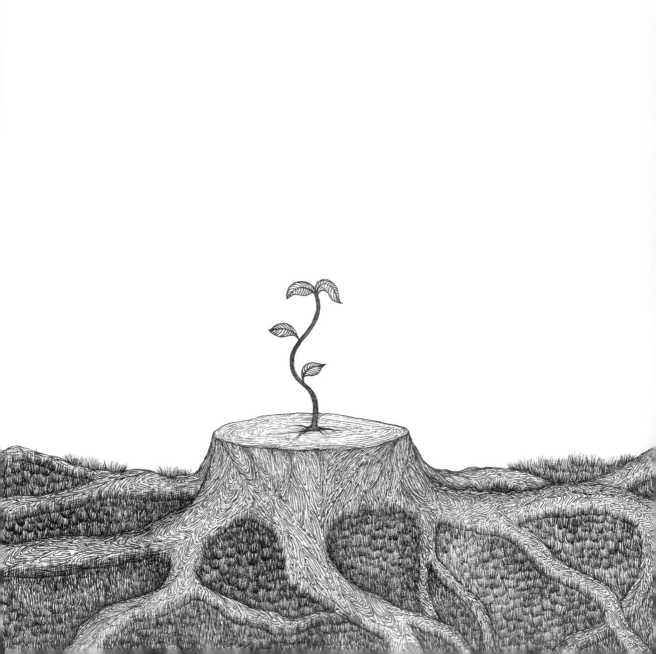

打翻的鮮奶油

癒合的　　傷

作者介紹 ───────────────

希薇亞・克拉胡蕾茨（Sylwia Krachulec）非常重視手繪的質感，
除了插畫，她也對設計和印刷充滿興趣。
她的作品反映了她對動植物及心靈世界的迷戀，
生活周遭所見的各種結構，對她來說都是極其珍貴的靈感來源，
比如植物的紋理、人行道的裂隙、牆壁的不規則處、昆蟲的甲殼等。
她笑稱自己是「創意受虐狂」，親手一筆一畫繪製極為細膩的線條，
我們可以從她的插畫中發現很多細節，也能看見很多堅持。

Instagram:@sylwiakrachulec

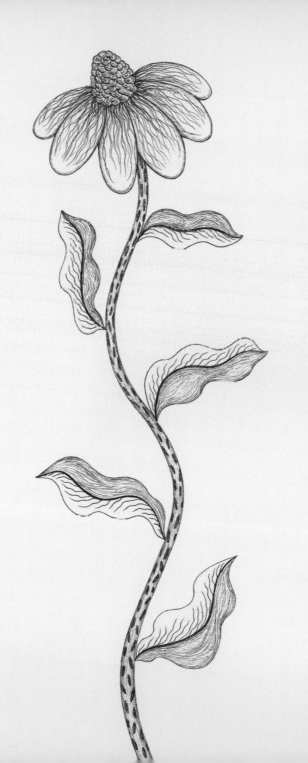